EL

(DES)AMOR

QUE

JAMÁS

VIVÍ

M

EL
(DES)AMOR
QUE
JAMÁS
VIVÍ

OLGA GONZÁLEZ

Montena

Papel certificado por el Forest Stewardship Council®

MIXTO
Papel | Apoyando la
silvicultura responsable
FSC® C117695

Penguin
Random House
Grupo Editorial

Primera edición: septiembre de 2023

© 2023, Olga González Pérez
© 2023, Penguin Random House Grupo Editorial, S. A. U.
Travessera de Gràcia, 47-49. 08021 Barcelona
Diseño de cubierta: Penguin Random House Grupo Editorial

Printed in Spain – Impreso en España

ISBN: 978-84-19650-92-4
Depósito legal: B-12.039-2023

Compuesto en M. I. Maquetación, S. L.
Impreso en Artes Gráficas Huertas, S. A.
Fuenlabrada (Madrid)

GT 5 0 9 2 4

Para todas las personas
a las que les han roto el corazón alguna vez
y siguen tratando de arreglarlo.
Espero que estas páginas sean, en cierto modo,
una liberación de vuestro dolor
y un lugar donde os sintáis comprendidas.

PRÓLOGO

El libro que hoy sostienes en las manos

es un abrazo al alma, un amigo con el que contar

o un hombro sobre el que llorar.

Es un golpe de realidad e incluso de aire fresco

para los que se ahogan y necesitan un respiro.

Una tirita para cubrir la herida tras desinfectarla para que sane.

Para liberarse del dolor,

reencontrarse con uno mismo

y aprender a empezar de nuevo.

En este libro te comparto mi dolor, mi proceso y mi aprendizaje,

te comparto mi ser y una parte de mi corazón

para que, en cierto modo, puedas unirlo al tuyo y así

sanar sus heridas más internas.

IRA

El miedo a perderte siempre estuvo ahí,
desde que llegaste de la nada,
hasta que te fuiste como todos.

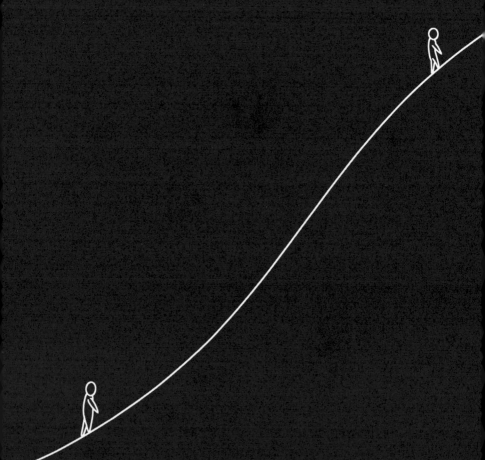

y oscuridad.

Intentaste juntar los trozos
de este corazón roto,

pero supongo que acabar de hacerlo
nunca estuvo en tu lista de tareas.

Intenté culparte tantas veces
que hoy me doy cuenta
de que el verdadero problema
no fuiste tú,
sino la imagen que tenía de ti.

Me encarcelaste
en tu propia rutina.

En tu vida.

En tu ser.

Nunca esperé que me entendieras,

pero sí esperaba

que estuvieses a mi lado mientras yo me entendía.

Y me fui
con el corazón en la mano,
apretándolo bien fuerte para no dejarlo latir
ni una sola vez más
al escuchar tu voz.

Nunca fui lo que querías
y no sabes
cuánto me esforcé.

Un día volverás la vista atrás
y verás en quién me he convertido.
Será entonces cuando entenderás
que lo que me hiciste
fue tu peor error.

Que te esforzases como yo lo hacía,

que me quisieras como yo lo hacía,

que contases conmigo como yo lo hacía.

Pero, a fin de cuentas,

ni yo soy tú

ni tú eres yo.

¿Y si hubiese sido al revés?

¿Lo hubieses aguantado?

Aunque tú realmente no lo valorases,
di tanto de mí para mantenerte cerca
que acabé alejándome
de mí misma.

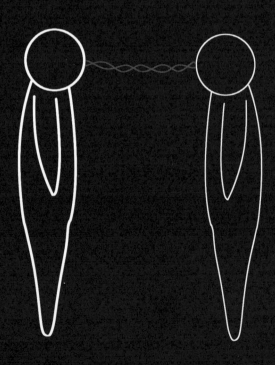

Con tus sonrisas y tus caricias
me alegrabas la vida,
o tal vez me la desordenabas.

Nunca entendiste que no se trataba de tenerme,

sino de cuidarme

y mantenerme.

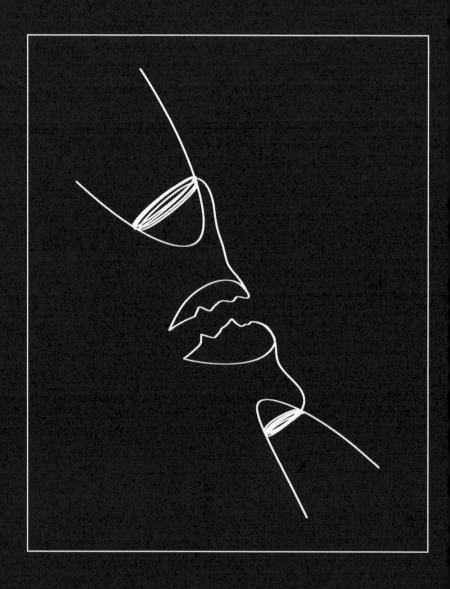

Aunque tarde, finalmente lo entendí.

No era el amor lo que dolía,

sino lo que confundíamos con el amor.

Preferiría que nos hubiéramos quedado
en la parte donde
tú me mirabas y yo te sonreía,
cuando no éramos más que dos desconocidos.

Y, aunque tú no lo supieras,
fuiste la razón de mis alegrías.
Ni siquiera te dabas cuenta,
lo hacías
simplemente estando ahí,
existiendo.
Pero qué importa ya,
si lo has desordenado todo a tu paso.

Estaba acostumbrada
a que la gente se fuese,
siempre ha sido así.
Y, sin embargo,
me sorprendí cuando vi
que ya no estabas aquí,
conmigo,
que te habías ido,
como si nada.
Tal vez eso fui para ti:
nada.

Esperaba que compartiésemos las lágrimas,

igual que compartíamos las risas.

¿Era tanto pedir?

Insistí tanto
en forzar lo nuestro
que acabé sin ti
y sin mí.

Te supliqué,
lloré,
incluso traté de convencerte,
hasta que me di cuenta
de que lo real permanece, aunque no quieras.

Me perdí mientras te buscaba
y tú me dejaste ir sin más.
Me alegra saber que ahora he encontrado
tu verdadero «yo».

No me querías a tu lado
pero tampoco querías que me fuese.

No respetabas mis decisiones.

Me hacías daño.

Hiciste que me olvidase de mí para quererte a ti.

Nunca fue amor de verdad.
Y ahora lo sé.

No es amor si hoy me quieres
y mañana ya se verá.

No es amor que estudies mi personalidad
para saber cómo manipularme.

No es amor que me prometas el cielo
y desaparezcas cuando este se oscurece.

No es amor,
pero por fin he entendido que la culpa no es mía.

Me hiciste

tanto daño

que incluso en tus intentos de debilitarme

me has acabado demostrando

que soy mucho más fuerte de lo que pensaba.

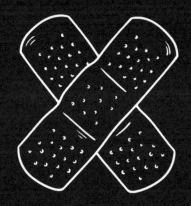

Me apuntaste directamente al corazón
y disparaste sin compasión.

Disparaste con tu arma de desprecios,
mentiras y desastres.

Me dejaste desangrándome
y, aun así,
seguí esperándote.

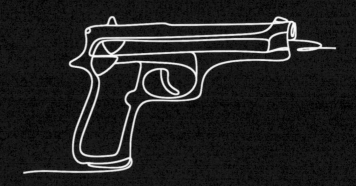

Te esperé durante días enteros,

y también algunas noches,

aunque siga sin querer admitirlo.

Te esperé,

aun a sabiendas de que no ibas a volver,

de que te habías ido ya,

y te habías llevado mi alma contigo.

Me mentiste

mirándome a los ojos,

como si nuestras promesas no existiesen,

como si no te importase nada,

como si nunca te hubiese importado yo.

Tal vez así sea.

Fui una ingenua
al pensar que eras diferente,
que no solo me utilizabas
como el resto de la gente.

Y aunque tus palabras
siempre fueron tan dañinas como una infinidad de cristales rotos
recorriéndome el cuerpo,
me empeñé en escucharlas todas,
hasta que tu eco no tuvo más que decir.

Amarte
era como un soplo de aire fresco,
pero supongo
que abandonó demasiado rápido
mis pulmones.

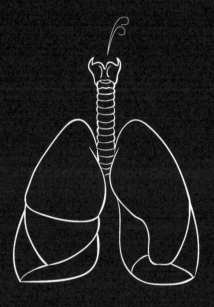

Sé que tal vez
yo merecía más.
El problema es que
a quien de verdad quería
era a ti.

Rompí mi corazón
una y otra vez
para darte más oportunidades,
aun sabiendo que nunca cambiarías,
y tú no fuiste capaz
de arriesgar nada por mí.

Creo que la diferencia está clara.

¿Cómo podría
amar a alguien más
si cada noche sueño contigo?

Te lo pregunto a ti,
ya que,
al parecer,
tú sí sabes la respuesta.

Rompí todas mis reglas
y todos mis esquemas
por ti.

Tú solo
rompiste mi corazón
por el qué dirán.

Compartimos tanto tiempo,
tantos lugares
y tantas experiencias
que ahora todo me sabe a ti.
Amargo.

«Aunque nuestra vida se llene de obstáculos, siempre te esperaré»,

te decía,

sin saber que mis obstáculos

tenían nombre y apellidos.

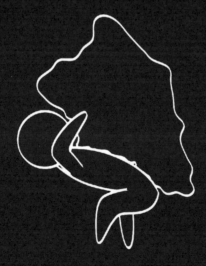

Porque en tu engaño me sentía cómoda,

segura

y válida.

Porque en tu engaño

sentía que estaba en mi hogar.

Porque en tu engaño

viví tanto tiempo

que asimilé que era mi verdad.

Y aunque ya no somos ni seremos,

aunque me merezco que me quieran mejor

de lo que tú me quisiste, mejor de lo que puedas querer,

espero que encuentres a alguien.

Aunque esta vez no seré yo.

Me rompiste el corazón
de mil formas distintas
y,
aun así,
era yo la que seguía pidiendo perdón.

Nada de esto merecía la pena,
no merecía la pena seguir
sabiendo que tú no sentías lo mismo,
pero eso no lo entiende el corazón.

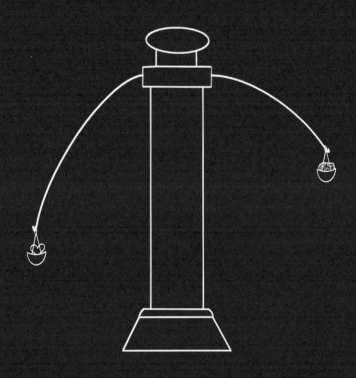

NEGACIÓN

Está sonando nuestra canción.
Aquella que tantas veces cantábamos a pleno pulmón
mientras deslizabas tus manos sobre el volante.

Está sonando nuestra canción,
pero esta vez no estás a mi lado
y la letra se ha vuelto un poco más amarga.

He conseguido lo que me dijiste que conseguiría,
pero no estabas a mi lado,
no estabas para celebrarlo conmigo.

No ha sido lo mismo sin ti.

Y aquí,

sentada en nuestro banco, me pregunto...

¿y si lo volviésemos a intentar?

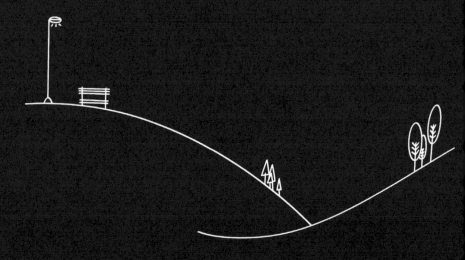

¿Por qué, si yo lo daba todo por ti, no fue suficiente?

Y ¿por qué, si tú no dabas nada por mí, yo seguía esperando?

Llévame otra vez al día en el que nos conocimos.

Llévame y dime que esto

no ha sido más que una pesadilla,

dime que sigues aquí

y que volverás a acogerme entre tus brazos

como hacías cada noche.

Te cuelas entre mis pensamientos,

vagas por mis recuerdos y,

por más que lo intente,

no puedo evitarlo.

Por más que duela,

te has enquistado tan dentro de mi pecho

que incluso respirar sin tu contacto

me quema.

Y, aunque a veces me equivoqué
e hice cosas mal,
siempre traté de ofrecerte mi mejor versión.
¿Por qué no fue suficiente para ti?
¿Por qué tú no hiciste lo mismo?

Cada vez que miro el atardecer
y te imagino a mi lado,
se me eriza la piel
esperando tu contacto,
a pesar de que nunca lo volveré a sentir.

Sigues siendo la primera persona en la que pienso

cada vez que me pasa algo,

cada vez que quiero compartir mis sentimientos.

Aún tengo ese impulso de contarte cómo me ha ido el día.

Si me hubieses amado tanto
como decías entre las sábanas.
Si nuestras batallas
se hubiesen librado allí
y no fuera.
Si todo hubiese sido
como me mostrabas,
hoy quedaría algo más que tu olor
en mi almohada.

Tu mente
y tu corazón
nunca estuvieron
tan sincronizados
como los míos.

Te sigo esperando en el banco de siempre,

a la hora de siempre,

pero nunca apareces.

Y duele tanto...

Quiero volver a escuchar tu risa.

Quiero volver a ver el brillo de tus ojos

y sentir el calor de tu contacto.

Aún se me acelera el corazón
cada vez que escucho tu nombre.

Pero ya no sale mi sonrisa tonta,
ahora solo quedan esbozos tristes.

Todavía escribo sobre todo lo que me hacías sentir

y sobre todo lo que sigo sintiendo cuando pienso en ti,

aunque esta vez no te lo daré

y no podrás leerlo mientras te abrazo.

Ojalá estuvieras viviendo todo esto conmigo
y te enorgullecieses de mí
como solías hacer.

Espero poder enseñártelo algún día.

Sigo escuchándote
en las letras de cada canción de amor.

Sigues presente en mis momentos favoritos.

En mi día a día.

En mi vida.

Sigues presente cada noche

cuando cierro los ojos

e, incluso en sueños,

tu sonrisa sigue siendo tan perfecta

como la recordaba.

Anoche soñé

que aún nos quedaba tiempo.

Hoy me he despertado y no estabas.

Siempre recuerdo nuestro día,

aunque ya no sea nuestro.

Sigo escribiéndote cartas, aunque ya no te las llegue a dar.

Sigo pensando en ti.

¿Tú lo harás?

Aún sigo leyendo nuestras conversaciones
antes de irme a dormir.
Los mensajes en los que me deseabas un buen día
se convirtieron en mi alarma favorita.

Éramos almas gemelas,
estábamos destinados a querernos,
pero no a quedarnos.

Me destroza tu ausencia,
¿cuándo volverás?

Quería pedirte que te quedaras,
pero eso no se pide.

Soñé que te quedabas,
que no te ibas,
que estabas en el sofá,
esperándome.
Soñé.

Te sigo echando de menos
como aquel día.
Te echo de menos
desde que decidiste irte.

Dime que lo nuestro tiene arreglo

y te juro que me arriesgo

aunque solo sea una vez más.

Tal vez te olvide

o tal vez no...

Sigo queriéndote como si nada hubiera pasado,
como si no me hubieses hecho trizas el corazón,
como si aún estuvieras a mi lado.
Sigo queriéndote.
Sigo esperándote.

Y aunque ahora no hablemos,

recuerda que te prometí

que yo siempre iba a estar a tu lado.

Al menos yo sí cumplo mis promesas.

Después de todo este tiempo

empiezo a pensar

que tú no volverás

y que yo no te olvidaré.

Tal vez no te haya superado del todo,

tal vez mi corazón

se niegue a hacerlo,

tal vez ahí quede un ápice de esperanza,

entre mis sueños.

Lo que sea que fuimos,
ya no lo somos
ni lo seremos,
y debo aceptarlo.

Ya no volverás,
lo tengo claro.
Y, aunque volvieses,
nada sería lo mismo.

SUPERACIÓN

Después de todo este tiempo,
entendí
que no debí pedirte
que me quisieras cuando
ni siquiera tú sabías quererte.

Estando sin ti
he aprendido
que me gusta estar conmigo
y que soy mi mejor compañía.

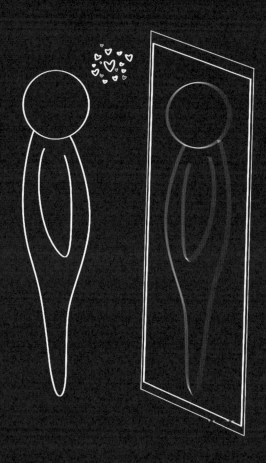

Con o sin
una persona a mi lado
soy capaz de cumplir
todo lo que me propongo.

Acepto mis emociones,
me permito sentirlas,
vivirlas,
mimarlas
y superarlas.

Soy perfecta tal y como soy:
no necesito que nadie
valide mis sentimientos
o emociones,
porque yo sé cuánto valgo.

Y te sigo recordando,

pero ya no espero con ansias que me escribas,

ya no trato de evadir mi mente

para alejar cualquier pensamiento sobre ti,

ya no intento convencerme de que eres mala persona.

Ahora te dejo fluir.

Ahora me dejo fluir.

Y me di cuenta
de que el sol brillaba de la misma forma
cada mañana,
de que las flores seguían creciendo con sus colores impecables,
de que los pájaros cantaban igual.
Y entonces supe
que yo no podía ser menos.

Ya no me quedo en tu chat
esperando a que me escribas.
Sé que no lo harás,
pero ya no duele.

Gracias a ti aprendí
lo que no merezco
y no debo permitir.

Amo mis tormentas,
mis sequías
y mis vendavales.

Me amo a mí,
por encima de todo.

Sigo adelante

sin venganzas,

sin rencores.

Me he curado las heridas

y sigo adelante aún más fuerte.

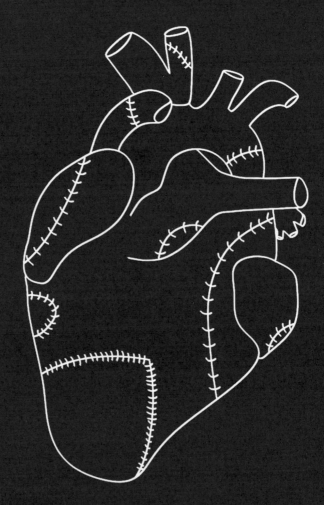

He dejado atrás el qué dirán
y me he enfocado en mí,
por primera vez en mi vida.

Pensar en mí
es la mejor manera
de mandar a la mierda
situaciones de mierda.

Soy perfecta.

Soy perfecta porque amo lo que veo en el espejo:
amo las victorias
y las derrotas
que llevo marcadas en mí.

Soy perfecta porque no me importan las críticas.
Soy perfecta porque soy yo.

Lloré y lloré,

me inundé en un mar de lágrimas cuya profundidad temía,

pero aprendí a nadar en él.

Y ahora sonrío,
como si nunca me hubieses lastimado,
como si nunca me hubieses derrotado.
Ahora sonrío.

Más que nunca.

A veces solo nosotros podemos hacerlo.

Mirar adelante.

Olvidar lo que nos ataba.

Reiniciar nuestra mente.

Me quiero así.

Así de simple, así de desastre.

Me quiero loca o con los pies en la tierra.

Me quiero así, sea como sea,

pero me quiero.

Después de ti lloré,
lloré más que nunca e incluso pensé
que nunca dejaría de llorar.
Hasta que un día comprendí
que no fue solo cosa tuya:
lo admití y ya no dolías de esa forma.

Te recuerdo
y te recordaré siempre.
Aunque ya sin dolor,
nunca te irás de mi mente.

Confié en ti
y me dejaste caer.

Confié en mí
y aprendí a volar.

Me cansé de esperarte

y empecé a cultivarme y a cuidarme.

Hoy soy la flor más bonita de este lugar.

Amo cada rincón de mí.

Cada cicatriz,

cada herida que aún no cierra,

cada parte de mí

que algún día

me hicieron creer que no servía

y que hoy me han demostrado que me equivocaba.

Me rompieron el corazón
y me paré a escuchar sus latidos;
es por lo
que hoy vivo.

Aunque tenga un mal día,

sigo intentándolo una y otra vez.

Ya no me rindo.

Ya nada me para.

Me priorizo,

porque nadie lo ha hecho antes.

Me priorizo,

porque ahora sé que soy lo más importante de mi vida.

Me priorizo,

porque siempre voy a ser yo.

Lo intenté todo para quedarme contigo,
pero me echaste de tu vida.
Yo fui tu luz,
tú fuiste mi sombra.
Hoy vives en penumbra
y yo a plena luz.

Cuando cierro los ojos

ya no te veo a ti.

Me veo a mí,

sonriendo,

viviendo,

por fin libre de tus cadenas.

Por fin puedo decir
que lo he superado.

He arreglado mi corazón
después de que lo partieses en mil pedazos.

He conseguido quererme de una forma
que tú jamás hubieses podido.

Y estoy lista
para pasar página.

NUEVOS COMIENZOS

No voy a decir cosas como
«en el momento más difícil apareciste tú»,
porque no ha sido así.
Has llegado en el mejor momento.
Has llegado cuando estoy lista
para crear una historia contigo.
Para crear nuestra historia.

No se conecta con cualquiera,

pero, cariño,

tú no eres cualquiera.

Las conversaciones en mi mente
hasta las tantas de la madrugada
son siempre sobre ti y sobre mí,
compartiendo nuestra vida.

Hacernos el bien
para que ninguno tenga que soltarse.

Soy de quien se atreve
a quedarse a mi lado
sin importar el caos.

Regálame tu tiempo,
tus gestos,
tu amor,
tus caricias.
El resto lo pongo yo.

Está de moda el no querer,
el dejar de responder,
el no buscar nada serio.
Seamos la excepción y no la norma.

Prefiero arrepentirme por habértelo dado todo
que no por no haberlo intentado contigo.

No quiero que me necesites
ni que te ates a mí,
quiero que
me elijas cada día
aunque sepas estar sin mí.

La magia de coincidir
con alguien que sí sabe lo que quiere.

Somos un equipo.

Tú y yo contra todo.

Mutuo, sano y real.

Tres adjetivos

que jamás pensé que compartiría con alguien,

pero que comparto contigo.

Quiero que confíes en mí,

que me llames cuando estés mal.

Da igual la hora que sea,

tal vez yo esté peor,

pero siempre intentaré ayudarte.

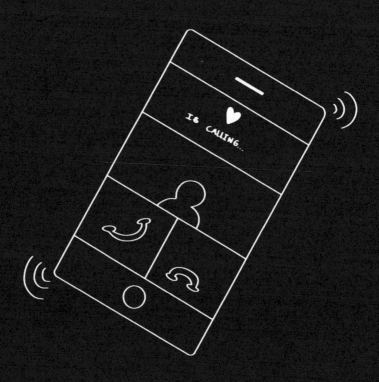

Somos de donde vamos corriendo
a contar las buenas noticias
y también las malas.

Llorar a tu lado

duele un poquito menos.

No sé si esto será para siempre,

pero adoro verte crecer,

adoro priorizarte y amarte como solo sé amarte a ti.

Adoro que seas tú

y nadie más.

Donde las dudas desaparecen.

Donde el amor te envuelve.

Donde respiras y no duele ni aprieta.

Donde la felicidad es la norma y no la excepción.

Ahí es.

CONCLUSIÓN

No tengas prisa.

No entres en relaciones sin quererte y priorizarte tú.

No permitas que te menosprecien o te falten al respeto,

no eres menos que nadie.

Sánate y quiérete,

solo de esa forma encontrarás a una persona

que también te quiera

y no te cargue con sus traumas pasados.

No necesitas a nadie para ser feliz,

por lo que

no te desesperes buscando.

Cuando tenga que llegar,

llegará,

pero, mientras tanto, cura tus heridas

para ser la persona que se merece.

Si los conflictos son destructivos,

si no te sientes querida

o no te gusta quién eres cuando estás a su lado.

Si sus sentimientos hacia ti no son claros

o tienes que descifrarlos,

si la relación solo funciona en momentos concretos.

No es una relación sana.

Mereces mucho más

y, créeme,

lo encontrarás.

Si no te sientes lista para una relación
es que no lo estás.

No lo fuerces.

Déjate vivir.
Déjate fluir.

No odies

a quien no te correspondió.

No odies

a quien no supo valorarte ni cuidarte.

Gracias a ellos ahora sabes qué mereces

y qué no.

No lo pospongas si puedes hacerlo hoy.

Dile a esa persona que la amas.

Pasa tiempo con ella.

Es más fácil mantener la llama

que volver a encenderla.

Las relaciones acaban.

Te enfadas, lloras, te preguntas:
«¿por qué a mí?».

Sientes que se te viene el mundo encima.

Pero entonces empiezas a sanar,
empiezas a amarte como nunca te han amado
y te vuelves a enamorar.

SOBRE LA AUTORA

Olga González Pérez nació el 8 de julio de 2003, en la provincia
de Córdoba, España.

Desde una edad temprana se interesó por las distintas formas
de expresión del arte, ya que contaba con numerosos sentimientos
y pensamientos que necesitaba expresar al mundo. En julio de 2022
publicó su primer libro, *Viva*.

En septiembre de 2022 publicó su segundo libro, *Tengo todo lo que
necesito*. Tras un periodo complicado de su vida, comenzó a interesarse
más por la escritura, cosa que le permitió abrir un nuevo capítulo
y cerrar ciclos.

En noviembre de 2022, y ante la necesidad de expresar su opinión
al mundo, publicó su tercer libro, *No vas a callar mi voz*.

A finales de ese mismo año publicó el poemario que ahora tienes en
las manos. En estas páginas vuelca miles de sentimientos a los que
sentía que debía dar salida, aunque algunos de ellos no los
haya experimentado del todo.

También ha desarrollado otros proyectos, como su último poemario
Déjame contarte y otros que tiene entre manos. Puedes saber más
de ella en sus redes sociales:

Instagram: @olgagonzalezp_

Twitter: @olgagonzaalezz

TikTok: @olgagonzaalezz

Pinterest: @olgagonzaalezz

AGRADECIMIENTOS

Los agradecimientos no pueden faltar en cada uno de mis libros,
ya que cada vez tengo más por lo que estar agradecida.
Gracias a todos mis seres queridos, que me apoyan en mi día a día.
Que me quieren y confían en mí.
Que me motivan a seguir escribiendo y esperan con ansias
mi siguiente libro.
Gracias a todos los que me apoyáis en redes sociales. Ya somos
más de 187.000 personas en TikTok. Se dice rápido, pero estamos
creando una gran comunidad.
Gracias por todos vuestros comentarios de apoyo en cada uno
de mis vídeos, vuestros ánimos son imprescindibles para mí.
Gracias a ti, persona maravillosa que estás leyendo este libro:
gracias por confiar en mí.

Este libro se acabó de imprimir
en septiembre de 2023.